Jane Austen

Vida privada en la época
de Regencia

Laura Manzanera

PETITS & FOURS

© de esta edición:
Editorial Alma
Anders Producciones S.L., 2023
www.editorialalma.com

 @almaeditorial

© de los textos: Laura Manzanera
© de las ilustraciones: Eva Lechner
Diseño de la colección: redoble.studio
Diseño de cubierta: redoble.studio
Maquetación: redoble.studio

ISBN: 978-84-19599-02-5
Depósito legal: B-13580-2023

Impreso en España
Printed in Spain

A Jane Austen le sobraba imaginación. De eso no cabe ninguna duda. Aun así, para escribir sus novelas se basó en la realidad que le tocó vivir. Sus personajes pertenecen a una clase social, un lugar y una época determinados: la *gentry* de la Inglaterra de la Regencia. Son fruto de su propia experiencia. La escritora plasmó un magnífico retrato de cómo eran, a qué se dedicaban y el modo en que se comportaban y relacionaban.

Por qué reglas sociales se regían. A qué dedicaban su tiempo libre. Qué solían comer y a qué hora. Cómo era su vestimenta y qué complementos usaban. Cuáles eran las grandes tendencias que marcaba la moda. En definitiva, qué hacían y cómo vivían.

Descubrir la realidad que la inspiró te será útil para entender mejor las historias que contó. Y a disfrutarlas mucho más. No te pierdas ningún detalle. Seguro que cuando vuelvas a leer a Austen, lo harás con otra mirada.

La vida de la *gentry* durante la Regencia

Aunque la existencia de Jane Austen (1775 y 1817) se enmarca en la época georgiana, los años en que publicó sus novelas coinciden con la Regencia. Dada la demencia de Jorge III, en 1811 su hijo mayor asumió sus funciones. Fue príncipe regente durante casi una década, hasta que en 1820 su padre murió y él se sentó en el trono como Jorge IV. Recordado como extravagante, caprichoso y derrochador, dio nombre a un período en el que Inglaterra vivió una especie de años felices. Esta "década prodigiosa" fue distinta a la georgiana, caracterizada por la decadencia y el exceso, y a la victoriana con su estricta moralidad que vendría después.

En ese tiempo contaban, y mucho, las cenas, los bailes, las fiestas... y los amoríos. Estuvo marcado por la elegancia y el buen gusto. Hablamos, claro, de las clases pudientes, una minoría privilegiada que no había de trabajar para vivir. Entre esos afortunados estaban los miembros de la *gentry*, esa clase alta de la Inglaterra rural que tenía dinero sin llegar a ser noble. No vivían en el West End de Londres, ni practicaban la equitación en Hyde Park, ni compraban en las lujosas tiendas de Regent Street, pero vivían muy cómodamente. Jane los conocía bien, pues su familia formaba parte de ella, igual que la mayoría de personajes de sus novelas.

Se daba una gran importancia a los buenos modales y existían reglas sociales de obligado cumplimiento, tanto para los caballe-

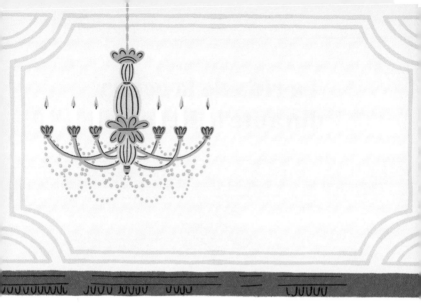

ros como para las damas. Las jóvenes, en teoría, no eran libres para casarse con quien quisiesen, por mucho que lo amasen. Se las educaba para ser obedientes y sumisas y se esperaba que cumpliesen su gran objetivo en la vida: encontrar un marido con dinero y posición. El amor se relegaba a segundo plano.

«Las mujeres solteras tienen una terrible propensión a ser pobres, lo cual es un argumento muy fuerte a favor del matrimonio», escribió Austen a su sobrina Fanny con ironía. La misma crítica que impregna toda su obra y que lleva a sus heroínas a saltarse las normas.

Los componentes de la *gentry* viajaban en carruajes, se comunicaban por carta y comían determinados platos a determinadas horas. Por descontado, nunca rechazaban una buena taza de té. La comida, omnipresente en el universo de Austen, ayuda a contextualizar el nivel social y el tipo de vida de sus protagonistas.

Los personajes austenianos, igual que hacían los hombres y mujeres de la *gentry* reales, reparten su tiempo libre entre múltiples entretenimientos. Leen novelas, juegan a cartas, practican críquet, participan en la caza del zorro y, cómo no, bailan, sin lugar a dudas, su actividad preferida.

Bailar se consideraba una habilidad imprescindible y, el baile, el encuentro social por excelencia, la ocasión idónea para conocer al futuro o la futura cónyuge.

Acertar en la elección del vestido para el baile no era un asunto baladí. Éste y su portadora debían distinguirse bien a la luz de las velas. Había un vestido para cada momento del día: de mañana, de tarde y de noche. Las jóvenes de buena posición tenían donde escoger. Y nunca olvidaban los complementos: abanicos, chales, joyas... Capítulo aparte merecen los sombreros, de obligado uso. Y las sombrillas, protectoras de la cotizada palidez que distinguía a una mujer de buena familia de una que trabajaba al aire libre.

También en la vestimenta masculina se reivindicaban el buen gusto y la elegancia y se apostaba por un estilo radicalmente nuevo. De la mano de George Brummell y el dandismo, en la Regencia nació la moda moderna para hombre.

En este libro encontrarás todo esto y mucho más. La realidad histórica que subyace en las novelas. Conocerás cómo fue la vida de la *gentry* y descubrirás muchos detalles y curiosidades. Así podrás comparar realidad y ficción.

La *gentry*: así eran

*La familia Austen pertenecía a la gentry,
esa clase alta de la campiña inglesa
que no llegaba a noble pero que vivía
muy cómodamente.*

Los modales: guardar las formas

Las damas y los caballeros de la gentry debían ceñirse a unas normas de comportamiento concretas. Saltarse alguna podía traer nefastas consecuencias.

D e vital relevancia durante los años de la Regencia, los buenos modales se basaban en ideas de la Italia renacentista y la Francia del siglo XVII aunque algo actualizadas.

Dos normas de obligado cumplimiento

Al dirigirse a alguien

Acercarse por las buenas a una persona y presentarse directamente, sin más, era del todo inaceptable a no ser que lo hiciese alguien de rango superior. Si se trataba de alguien inferior o de igual rango, debía por fuerza esperar a ser presentada. De esto podía encargarse un amigo o el maestro de ceremonias.

Las personas de una clase inferior jamás se dirigían a alguien de clase superior llamándole por su nombre de pila. Sin embargo, sí estaba permitido al revés. Eso explica que, aunque Harriet Smith es la mejor amiga de Emma Woodhouse, nunca se refiera a ella como Emma, sino como señorita Woodhouse.

Al acceder a una estancia

Los aristócratas entraban en primer lugar, seguidos de la nobleza terrateniente y sus familias, dependiendo de su edad y de su estado civil. Las mujeres casadas tenían prioridad sobre las solteras, de modo que una hermana menor casada iba antes que su hermana mayor soltera.

Los buenos modales masculinos

Tanto en casa como en la escuela, se enseñaba a los niños a comportarse como auténticos caballeros desde muy pequeños. Existían guías que mostraban a los jóvenes, con todo lujo de detalles, la forma en que habían de hacerlo. Debían:

- Hablar y actuar siempre seguros de sí mismos.
- Emplear un lenguaje adecuado y evitar en todo momento comentarios vulgares.
- Tener buen aspecto e ir siempre impecables.
- Ser capaces de opinar sobre cualquier tema.
- Mostrarse amables y corteses, tanto con las personas de su misma clase como con las de clase inferior.
- Saber bailar. Requisito absolutamente indispensable.

Los buenos modales femeninos

Muchas familias de la *gentry* tenían en casa manuales de conducta femenina. Entre los más populares de la época destacaban dos:

- *Sermons to Young Women*, de James Fordyce
- *Father's Legacy to his Daughter*, de John Gregory.

Se esperaba que las jóvenes fuesen tranquilas, dóciles y obedientes. Y para eso debían quedarse en un segundo plano.

Jane Austen se burla de esto y sus heroínas se saltan a menudo las convenciones.

Los caballeros de Austen

- **El perfecto caballero**: Mr. Knightley, de *Emma*.
- **El peor caballero**: Mr. Darcy, de *Orgullo y prejuicio*.

Love is in the air (no siempre)

Casarse era de vital importancia a nivel económico y social. Claro que el matrimonio por dinero no siempre acababa con lo de "fueron felices y comieron perdices".

A las jóvenes se les inculcaba la idea de conseguir dinero y posición. Y si además tenían la suerte de sentir algo por su cónyuge, podían considerarse afortunadas.

¿Matrimonio por dinero o por amor?

«Las mujeres solteras tienen una terrible propensión a ser pobres, lo cual es un argumento muy fuerte a favor del matrimonio», escribió Austen a su sobrina Fanny con ironía. Pese a que el matrimonio por dinero estaba a la orden del día, el comportamiento de las protagonistas de sus libros se sale de la norma de la época, centrada en mostrarse sumisas y encontrar el mejor partido posible como marido.

En edad casadera

En la Inglaterra de la década de 1790, de media, las mujeres se casaban a los veinticuatro años, pero las de la *gentry* empezaban a considerarlo a los diecisiete. Jane Bennet, de *Orgullo y prejuicio*, lo hace a los quince.

Las heroínas de Austen: mujeres a contracorriente

- Marianne Dashwood. Su impulsividad y su franqueza hacen que el coronel Brandon se enamore.
- Elizabeth Bennet. Dice lo que piensa y eso seduce a Darcy.
- Fanny Price. Ama en secreto a Edmund Bertram y rechaza una oferta matrimonial que podría darle seguridad.
- Emma Woodhouse. Ni necesita ni quiere casarse, hasta que se da cuenta de que está enamorada de George Knightley.
- Catherine Morland. Su sinceridad la lleva a no ocultar su admiración por Henry, lo que hace que se fije en ella.
- Anne Elliot. Tras dejarse persuadir para rechazar al hombre que amaba, éste reaparece y lucha por una segunda oportunidad.

¡Fuguémonos!

De joven, el coronel Brandon de *Sentido y sensibilidad* se planteó huir a Escocia con Eliza, su amada. En la época de Austen era bastante frecuente que una pareja que no tenía permiso de sus progenitores para mantener una relación se fugase a Gretna Green. Este pueblo del sur de Escocia se hizo famoso porque permitía casarse a los menores de veintiún años sin el consentimiento paterno. ¡Un escándalo!

Las madres jugaban un papel clave en el emparejamiento de sus hijas, tanto En la realidad como en las novelas.

Las costumbres: así vivían

Como la mayoría de personajes de las novelas de Austen, las mujeres y los hombres de la gentry viajaban en carruaje, se comunicaban por carta y, por supuesto, bebían té.

El transporte

Sólo la gente adinerada tenía carruaje propio, pues mantener los caballos costaba una pequeña fortuna. El resto se conformaba con usar carruajes públicos.

A finales del siglo XVIII, un carruaje "normal" se movía a unos 10 diez kilómetros por hora. Si era uno de postas, al contar con caballos de repuesto, podía alcanzar los veinticinco kilometros por hora.

En la actualidad, sería equiparable a ir en vehículo propio o en transporte público.

Los viajes
Peajes
Las nuevas carreteras de peaje acortaban mucho los viajes. En un principio, los puntos de pago se marcaban con picas o lanzas clavadas en el suelo.

¡Manos arriba!
La falta de iluminación en los caminos aumentaba la sensación de inseguridad, y

¡Malditas calesas!
En *La abadía de Northanger*, Isabella se queja de la dificultad a la hora de cruzar las calles de Bath a causa de las "malditas calesas" un vehículo que detesta. Estos carruajes, que pesaban poco y solían conducir los jóvenes, eran bastante peligrosos.

con razón. En cualquier curva podía aparecer un grupo de bandoleros.

Multas por exceso de velocidad

A muchos cocheros les gustaba correr en exceso y se implantó un sistema de multas de diez libras a los que lo hiciesen "con furia".

Las cartas: noticias con retraso

La única forma de comunicarse era mediante misivas, que se repartían en carruajes. En las novelas de Austen son importantes y a menudo revelan información clave o sirven como medio para expresar amor.

Puesto que tanto la pluma como el papel eran caros, la gente intentaba escribir la máxima cantidad de palabras en el mínimo espacio.

Las cartas tienen un papel fundamental en la literatura de Jane Austen. Uno de los mejores ejemplos es la carta del señor Darcy a Elizabeth Bennet, en *Orgullo y prejuicio*, cuyo impacto es determinante en la relación entre los dos personajes y marca un punto de inflexión en la trama de la novela.

La "escritura cruzada"

En el siglo XIX, el papel era muy caro y los gastos de los envíos postales estaban por las nubes. Por eso, para ahorrar, solía utilizarse la llamada "escritura cruzada" (*cross-writing*). Una vez que el papel estaba lleno, se giraba de lado en ángulo recto y se escribía entre las líneas del texto ya escrito. El resultado parecía *a priori* bastante ilegible, pero se tenía la vista acostumbrada a ignorar la escritura perpendicular.

¡A la mesa!

La comida está omnipresente en el universo austeniano. Ingredientes y recetas contextualizan el nivel social y el tipo de vida de sus protagonistas.

A Jane Austen le gustaba coleccionar recetas. En sus novelas abundan las referencias gastronómicas. Sirvan de ejemplo las perdices «notablemente bien guisadas» en opinión del señor Darcy en un momento de *Orgullo y prejuicio*.

Un desayuno completo... y muy inglés

Aunque el origen del típico desayuno inglés completo (*Full English Breakfast*) se sitúa en el siglo XIII, hoy sigue siendo la comida preferida de muchos británicos.

A partir de la segunda mitad del siglo XVIII, de la mano de la Revolución Industrial, la clase media empezó a aumentar su poder

económico. Se apropió, adaptó y llevó el tradicional desayuno a las grandes ciudades como Londres, estandarizando sus ingredientes y su forma de preparación como la conocemos.

De todo y nada *light*

El *English Breakfast* acostumbra a empezar con un zumo de naranja, algo de fruta fresca y unos cereales. Aun así, la parte fuerte, la importante, son los huevos con tocino acompañados con salchichas, tomates asados y champiñones.

A veces se incluyen riñones, arenques, judías blancas y patatas. Y, por si acaso alguien se queda con hambre, pan tostado, mantequilla y mermelada y, cómo no, una taza de té (o dos). Podría ser suficiente para tener fuerzas durante todo el día. ¿O no?

¿Qué hay para cenar?

La comida que seguía al desayuno solía ser la cena, pues el almuerzo no era muy popular.

Una cena podía empezar entre las cinco y las seis de la tarde. Los platos podían ser éstos:

- Entrante.
  Una sopa.
- Primer plato principal.
  Algo de carne con membrillo, jalea y verduras.
  Ensalada y queso.
- Segundo plato principal.
  Pollo asado con salsa de huevo o cordero.
- Postres.
  Manzanas al horno, pastel de ron o pudin (el de ciruelas no faltaba en Nochebuena).

Y después de cenar...

Las damas se retiraban al salón a coser mientras charlaban. Los caballeros se quedaban en el comedor, donde bebían oporto y fumaban puros. Más tarde, mujeres y hombres se reunían para jugar a cartas.

El té:
la bebida del Imperio

En Inglaterra empezó siendo una bebida elitista, pero pasó a ser la preferida del Imperio. Desde entonces, casi ningún británico perdona el Afternoon Tea.

Puede que si Carlos II de Inglaterra no se hubiese casado con Catalina de Braganza, hoy los ingleses no beberían tanto té. Catalina, de origen portugués, lo popularizó y lo convirtió en un símbolo de estatus.

En un principio, resultaba muy caro, así que sólo podía disfrutarlo la alta sociedad.

Con la Revolución Industrial, se popularizó y llegó a ser no sólo la bebida nacional sino la de todo el Imperio británico. Acabó sustituyendo al café y el chocolate.

Con azúcar, por favor
El éxito del té se debió, en gran parte, a la llegada de azúcar barato procedente de la caña que cultivaban los esclavos en las colonias americanas.

Salones respetables
En el siglo XVIII, mientras el té aún se consideraba una bebida respetable digna de las clases más pudientes, se abrieron los primeros salones. Las damas podían acudir a ellos y reunirse sin arriesgar su reputación.

Una centuria más tarde, estos locales se convertirían en centros de difusión del sufragismo.

El *Afternoon Tea*: la merienda inglesa

La élite británica acostumbraba a sentarse a la mesa dos veces al día: para el desayuno, poco después de levantarse, y para la cena, servida al principio del anochecer. Luego se añadió un almuerzo ligero para calmar la sensación de hambre entre ambas comidas.

Anna-Maria Stanhope Russel (1783-1857), duquesa de Bedford, inventó la merienda inglesa. Se dice que un día sufrió un desmayo antes de la cena y pidió una taza de té con un tentempié. Al parecer, le sentó tan bien que lo repitió cada tarde. A menudo invitaba a sus amigas a compartir la merienda.

La hora del té, pero... ¿cuál?

Cuando las clases populares se apuntaron al té de la tarde, tomarlo acompañado de algunas galletas se convirtió en un ritual para todos y cambió la hora en que tenía lugar. Si antes era a las cuatro de la tarde, pasó a ser a las cinco, más acorde con el horario de las fábricas.

Los jardines:
la naturalidad se impone

*Los jardines están muy presentes en las obras de
Jane Austen y son el escenario de numerosas escenas.*

A finales del siglo XVIII, Inglaterra mostró al mundo una nueva jardinería que rompía con la rigidez paisajística. Había nacido el llamado jardín inglés. El rompedor estilo del *English Landscape Garden* incluía: espacios abiertos, senderos, agua y grandes prados.

El "padre" del paisajismo inglés
El arquitecto y paisajista Lancelot "Capability" Brown (1716-1783) transformó el paisaje de Inglaterra diseñando fincas campestres con un estilo de lo más innovador. Realizó proyectos para los aristócratas más relevantes y planeó numerosos parques.

El jardín campestre
Con la Revolución Industrial, se popularizó el jardín inglés campestre o *English Cottage Garden*. Podía verse en las casas de familias trabajadoras y combinaba hierbas, hortalizas y árboles frutales

Los concursos de rosas

Se organizaron concursos de rosas por doquier. Se cruzaban especies nativas con las importadas del otro lado del mundo.

De la mano de este auge por los invernaderos avanzó el auge por nuevas especies de plantas engendradas en su interior.

Cultivar rosas se convirtió en un pasatiempo de la alta sociedad, con suficiente dinero y tiempo tanto para dedicarse ellos como para contratar jardineros.

con flores. Los terratenientes se enamoraron de ellos y copiaron la idea.

Pasión por los invernaderos

En el siglo XIX, el auge de la jardinería conllevó la proliferación de invernaderos, construcciones de cristal de aire industrial que en algunos casos alcanzaban unas dimensiones impresionantes.

A su función práctica se sumaba su atractivo estético: un tejado a dos aguas y una estructura metálica sobre cimientos de piedra.

Estaban pensados para almacenar el calor, lo que permitía cultivar plantas ornamentales y verduras y hortalizas durante todo el año. Gracias al auge de las exploraciones por el mundo, cada vez llegaban más especies que necesitaban un clima adecuado.

Los invernaderos se utilizaban también como espacios de ocio. Servían para calentarse al sol en los meses más fríos y para resguardarse cuando llovía algo que, tratándose de Inglaterra, debía de ser cada dos por tres.

En el invernadero del príncipe regente

El 19 de junio de 1811, el príncipe regente celebró una fiesta en Carlton House, la mansión londinense donde vivió un tiempo. Se suponía que se dio en honor del regreso de la familia exiliada en Francia, aunque muchos vieron en eso una excusa para despilfarrar dinero.

Fuera como fuese, no reparó en gastos y mandó dos mil invitaciones.

De la bóveda se colgaron lámparas y una corona iluminada sobre la silla del anfitrión.

En el invernadero gótico se dispuso una larga mesa para los doscientos invitados más importantes.

El duelo:
en defensa del honor

Austen se hace eco del duelo en algunas novelas.
Basado en un código de honor, este combate apareció
en la Europa del siglo xv como herencia de
las justas medievales.

E n el siglo XVII, el duelo estaba de moda, en especial en Francia, donde llegó a desatar una auténtica fiebre. Los caballeros se batían ante la menor ofensa, sin importarles en absoluto que las leyes lo prohibiesen. Por entonces se utilizaban espadas. No es casualidad que *Los tres mosqueteros* de Alejandro Dumas esté ambientada en esta centuria. En el siglo XIX las sustituyeron las pistolas.

Las autoridades tenían motivos para preocuparse por el auge de estos desafíos. Por eso la legislación contra ellos fue cada vez más rigurosa.

Aunque, según la ley inglesa, matar en el transcurso de un duelo era asesinato, durante mucho tiempo los tribunales hacían la vista gorda a la hora de aplicar la ley.

El duelo según Austen

En *Orgullo y prejuicio*, la señora Bennet teme que su esposo se bata en duelo con el señor Wickham, mientras que, en *Sentido y sensibilidad*, el coronel Brandon y el señor Willoughby se enfrentan en un intento por defender el por aquel entonces dudoso honor de Eliza Williams.

La reina Victoria expresó la esperanza de que Lord Cardigan, procesado por herir a otro duelista, "se librase fácilmente".

Con el tiempo, el duelo desaparecería, en gran parte porque a la creciente clase media le era ajena la cultura del honor.

Duelos de altos vuelos

Cuatro primeros ministros de Reino Unido participaron en un duelo en algún momento de su vida:

- 1780. William Petty
- 1798. William Pitt el Joven
- 1809. George Canning
- 1829. El duque de Wellington

Una muerte de lo más literaria

Alexander Pushkin describió algunos duelos en sus libros. Destaca el de Oneguin y Lensky en *Eugenio Oneguin*. Él mismo se batió en 21 combates a muerte. Murió en 1837 durante uno a pistola. El otro duelista era el oficial francés Georges d'Anthès, supuesto amante de la esposa del escritor.

El ocio: así se divertían

Quienes disponían de dinero y tiempo libre, lo dedicaban a visitar algún balneario, a leer novelas, a jugar a críquet o a practicar la caza del zorro. Y, por encima de todo, a bailar.

Los bailes

A Jane Austen le gustaba bailar y momentos clave de sus escritos suceden durante un baile. Era parte esencial de la sociedad y la herramienta más práctica para encontrar cónyuge.

Un baile era algo más que un acto social, era el preludio del amor. Los jóvenes podían charlar, tocarse las manos e "intimar". Los *Regency Balls* eran alegres y vivaces, con pasos rápidos y ágiles, brincos y saltos, vueltas, aplausos y choques de manos.

¡Que corra el aire!

Mientras chicos y chicas anhelaban bailar el vals, sus padres se dividían entre admiradores y detractores. La posibilidad de "abrazarse" escandalizó a muchos, entre ellos a Lord Byron, que hizo campaña en contra.

Las normas del baile de Regencia

1 Es el caballero quien invita a bailar a la dama. No al revés.

2 Una pareja no puede bailar sin haber sido presentada.

3 Si una dama no tiene pareja para un baile, esperará sentada a que algún caballero le pida el siguiente.

4 Ningún caballero puede pedir un baile a una mujer casada.

5 En cada baile participan entre cinco y ocho parejas.

6 Cada baile dura una media hora.

7 Si los miembros de una misma pareja bailan juntos más de dos veces, se creerá que tienen un compromiso.

Los más bailados

La contradanza

- Las *English Country Dances* se crearon para diversión de las clases altas inglesas. La formación en filas de las parejas rompía el protocolo de danzas como el minué.

Cuadrilla

- Participaban cuatro parejas formando un cuadrado.

Boulanger

- Citada en *Orgullo y prejuicio*, se bailaba en círculo.

Cotillón

- La bailaba un grupo de cuatro parejas formando un cuadrado o un círculo.

Alemanda

- Los participantes enlazaban los brazos, a menudo cruzándose y entrelazándose.

Vals

- En compás de 3/4, las parejas giraban formando un gran círculo.

Tres posibles escenarios

- Bailes públicos. Cualquiera que pagase la entrada podía asistir. Un maestro de ceremonias se aseguraba de que sólo bailasen juntos quienes pertenecían al mismo rango social.
- Bailes privados. Sólo podía asistirse con invitación y todos podían bailar con todos. La vestimenta era más estricta.
- Bailes en casa. Se podía bailar mientras, por ejemplo, una dama tocaba el pianoforte.

Los baños de mar

En tiempos de Austen, los más acaudalados solían pasar las vacaciones junto al mar. Las alusiones a los baños de agua salada aparecen en algunas de sus novelas.

Bañarse en el mar era una de las principales actividades que podían disfrutarse en un balneario. Eso sí, no podía hacerse de cualquier manera y a la vista de todos. Exigía el máximo decoro, en especial por parte de las damas.

Cualquier mujer, estuviese enferma o no, que quisiese aprovechar los beneficios de esta práctica debía hacerlo con la máxima discreción, manteniendo en todo momento el pudor.

Las máquinas de baño

Para conservar la intimidad se inventaron unos carros especiales llamados máquinas de baño.

Unas mujeres lo suficientemente fuertes se encargaban de dejarla en el agua y de sacarla una vez finalizado el remojón.

La última novela de Austen, *Sanditon* (inconclusa), no transcurre en la campiña, sino en un pueblo costero con aspiraciones a convertirse en balneario y centro turístico. Y allí se utilizan estas casetas móviles.

Brighton: un modelo de ciudad balneario

«—¡Si se pudiera ir a Brighton…! —observó la señora Bennet.
—¡Ay, sí! ¡Si se pudiera ir a Brighton! Pero papá se opone tanto…
—Unos baños de mar me dejarían bien para toda la vida.»

Orgullo y prejuicio

A mediados de 1700, Brighton empezó su gran transformación. En menos de un siglo dejó de ser un humilde pueblo de pescadores para convertirse en uno de los enclaves costeros más cosmopolitas del sur de Inglaterra.

Entre los lugares con balneario de la costa inglesa, fue especialmente popular debido a la distinción que le concedió el Príncipe de Gales, futuro Jorge IV, tras haberlo visitado en 1783. Iba por recomendación de sus médicos, que creían que el agua del mar podía aliviar sus dolencias.

Brighton acabó siendo un modelo para otras localidades europeas con balnearios, como la francesa Vichy o Karlovy Vary, en la actual República Checa.

Estos carruajes servían de vestuarios. Llevaban a la bañista hasta el agua y de regreso, manteniéndola a salvo de cualquier mirada.

Bath: elegancia y buen gusto

Ya celtas y romanos se beneficiaron de las aguas termales de Bath. Jane Austen, que vivió en esta ciudad, la definió como «todo vapor, sombra, humo y confusión».

Bath alcanzó fama en 1702, cuando la visitó la reina Ana. La soberana la puso de moda, pero fue un hombre quien logró que pasase de ser un simple conjunto de calles estrechas y sucias a un centro turístico de lujo.

En 1705, Richard Nash llegó a Bath con los bolsillos vacíos. No tenía dinero, pero sí unos modales exquisitos, mucha ambición y una gran intuición. Empezó como ayudante de ceremonias y, dada su extrema cortesía, se ganó el sobrenombre de "Beau" (bello en francés). Y cuando su jefe falleció, tomó el mando y él mismo se encargó de recibir a los visitantes de alcurnia, convirtiendo Bath en el centro de la actividad social de fuera de Londres.

Nash convirtió la ciudad en ejemplo de elegancia y buen gusto, estableciendo un código de buena conducta.

Un trato igualitario

Todas las personas que estaban en Bath, independientemente de su origen social, recibían idéntico trato por parte del resto de visitantes. La cortesía y las buenas maneras estaban aseguradas. Además, se fijaron unas normas del buen vestir.

Prohibido en los salones de reunión (*Assembly Rooms*) de Bath

- Para las mujeres: llevar delantal.
- Para los hombres: vestir traje de montar, botas demasiado pesadas que pusiesen en peligro los pies de las damas durante el baile y espadas. No se admitían los duelos.

Objetivo: encontrar pareja

Además de para mejorar la salud y para codearse con la flor y nata de la sociedad británica, Bath era un buen destino para encontrar esposo. Nash organizaba discretos encuentros entre damas y caballeros dirigidos a un posible emparejamiento.

Adiós al esplendor

Tras más de tres décadas siendo "el rey de Bath", Richard Nash perdió su poder y acabó en la miseria. A partir de 1830, también Bath inició su caída. Tres fueron las razones principales:

- Las clases medias empezaron a poder disfrutar también de las aguas, lo que le hizo perder su aire de exclusividad.
- La aparición de balnearios urbanos supuso una dura competencia.
- Los adelantos en medicina conllevaron remedios más eficaces que las aguas para combatir muchas dolencias.

Los Austen en Bath

Los padres de Jane se conocieron y se casaron en Bath. Por eso, cuando él decidió jubilarse, en 1800, se instalaron allí con sus dos hijas.

En el tiempo que Jane pasó en Bath, tuvo una agitada vida social, repleta de bailes, visitas al teatro o a las termas romanas.

Vivió en la ciudad balneario hasta 1805, cuando su padre murió y la familia se trasladó a Southampton.

La lectura y la escritura

La lectura era uno de los entretenimientos favoritos de las mujeres. Algunas se animaron a escribir, pero no a firmar con su nombre.

La creciente demanda de libros llevó al auge de la novela. Eran caros, de ahí el éxito de las bibliotecas de suscripción, de acceso restringido a quienes pagasen la cuota.

Libros al alcance de todos

La lectura de novelas se popularizó gracias a:
- Las bibliotecas privadas de suscripción.
- Los clubes de libros o sociedades de lectura.
- Las bibliotecas circulantes o bibliotecas comerciales de suscripción.

¡No hay placer como el de leer! ¡Cuánto antes se cansa uno de cualquier cosa que de un libro! Cuando tenga casa propia, me sentiré desgraciada si no tengo una biblioteca excelente.
Orgullo y prejuicio

Las novelas románticas

Las *Silver Fork Novels* o *Fashionable Novels* fueron *best sellers* en Gran Bretaña entre 1820 y 1850. En ellas una heroína independiente (para la época) se enfrenta a las estrictas normas sociales.

Tres escritoras de referencia para Austen

- Mary Wollstonecraft. Defendía que las mujeres eran "criaturas racionales" sometidas al patriarcado, idea que expone Mrs. Croft en *Persuasión*.
- Frances Burney. Sus personajes inspiraron a Jane, que a los veinte años leyó *Cecilia*, donde aparecen las palabras "orgullo y prejuicio".
- Ann Radcliffe. Pionera de la novela gótica, escribió *Misterios de Udolfo*. Cuando Catherine Morland, protagonista de *La abadía de Northanger*, pregunta al señor Thorpe si la ha leído, éste responde que no lee novelas.

Seudónimo: una firma de mujer

La escritura se consideraba una ocupación escandalosa para las mujeres. Por eso muchas, como las hermanas Brontë, empleaban seudónimos masculinos.

Al firmar como "*By a Lady*" (Por una mujer), Austen mantenía el anonimato pero reconocía la autoría femenina.

La novela gótica: fuente de inspiración

Catherine Morland es aficionada a las novelas góticas. Este género nacido en Inglaterra mezclaba elementos mágicos y de terror. *La abadía de Northanger* se publicó el mismo año que *Frankenstein* de Mary Shelley: 1818.

Un escritorio portátil

El padre de Jane Austen le compró una caja de madera en la que podía escribir y guardar la pluma y otros utensilios. Hoy está en la British Library de Londres.

El críquet:
un juego para el verano

Catherine Morland, la heroína de La abadía de
Northanger, *prefiere el críquet a jugar con muñecas.*
Normal dada su fama en Inglaterra, donde lo
practicaban hombres y mujeres.

Todo empezó como un juego de niños en el siglo XVI, si no antes. El críquet se practicaba en las escuelas, pero con el tiempo se popularizó entre los adultos. La época de Regencia fue clave en su desarrollo.

Servía a los aristócratas para
entretenerse y, de paso, mantenerse
en forma en verano.

En la primera mitad del siglo XVIII se había erigido como deporte de referencia en Londres y el sudeste de Inglaterra. Y poco a poco se extendió por toda Gran Bretaña y la Commonwealth.

Gracias a las ovejas

En sus orígenes, el críquet se jugaba con un pedazo de lana que servía de pelota. La hierba corta que mantenían las abundantes ovejas, a modo de "cortacéspedes", permitía que rodase fácilmente.

"El hogar del críquet"

El estadio London's Cricket Ground de Westminster, inaugurado en 1811, es conocido como Lord's por el apellido de su fundador: Thomas Lord. Pertenece al Marylebone Cricket Club MCC, encargado de organizar la copa mundial de este deporte.

¡Esto no lo paran ni los nazis!

Durante las dos guerras mundiales, se disputaron muchos partidos de críquet amistosos en Inglaterra. Cuando tocaba jugar en el Lord's de Londres, la "catedral" de este deporte, y se detectaban aviones alemanes, jugadores y árbitros ponían el cuerpo a tierra hasta que se alejaba el peligro.

Una viñeta mostraba a un bateador británico golpeando una granada lanzada por Benito Mussolini.

Durante el conflicto, en la India se continuó jugando. Algunas estrellas inglesas se trasladaron allí.

Conseguir detener del todo el críquet habría sido una gran victoria para el ministro de Propaganda de Hitler, Joseph Goebbels.

Las mujeres también juegan

En 1745 tuvo lugar el primer partido femenino conocido, en el condado de Surrey.

El padre del críquet moderno

W. G. Grace fue el jugador más famoso del siglo XIX. Representó a Inglaterra en más de veinte ocasiones y en un partido internacional consiguió 152 carreras (*runs*).

La caza del zorro: el deporte de la nobleza

En Mansfield Park, *Fanny Price teme que su hermano William no sepa montar un caballo criado para la caza del zorro, quintaesencia de la campiña británica.*

Cuando los ciervos empezaron a escasear, los aristócratas ingleses encontraron en el zorro el mejor sustituto. Las cacerías se desarrollaron entre los siglos XVI y XVII alrededor de jaurías de perros que dependían de los diferentes clubs de caza. El adiestramiento de perros para tal fin se inició en el reinado de Carlos II (1660-1685).

En un principio, las cacerías eran un privilegio que sólo disfrutaban la familia real y sus invitados. Con el tiempo se extendió a los terratenientes.

El pistoletazo de salida

El rito empezaba con todos los cazadores que iban a participar reunidos para tomar un vino caliente, mientras esperaban a que el cuerno anunciase el inicio de la marcha.

Nada de perros

Tras siglos de practicarse y tras una larga guerra parlamentaria y judicial, en 2005 entró en vigor en Inglaterra y Gales la Ley de Caza (*Hunting Act*), que impedía usar perros para cazar zorros. En Escocia se había ilegalizado en 2002.

Desde entonces ha habido varios intentos de derogarla, todos sin éxito. La misma Isabel II pidió a su hijo Carlos, entonces Príncipe de Gales y actual rey, que abandonase esta práctica. La soberana creía que empañaba la imagen de la monarquía.

Muy presente en el arte

Muchos pintores plasmaron en sus lienzos a grupos de cazadores a caballo en busca de la raposa. Hoy, no es extraño ver alguno colgado de la pared de un pub.

También bastantes escritores británicos defendieron esta práctica. Entre ellos:

- Anthony Trollope (1815-1882). *Hunting Sketches*, textos breves en torno al tema de la caza.
- Rudyard Kipling (1865-1936). *Little Foxes. A Tale of The Gihon Hunt*.
- Siegfried Sassoon (1886-1967). Tituló su autobiografía *Memorias de un cazador de zorros*.

Más allá de la estratosfera

La expresión "*Tally Ho!*", que se utilizaba cuando se veía al zorro, la usan hoy la aviación británica y la NASA para anunciar la detección de aeroplanos enemigos y de estaciones espaciales, respectivamente.

La moda:
así vestían

Los dos "gigantes" de la moda europea a
inicios del siglo XIX eran la Francia
napoleónica y la Inglaterra de la Regencia
cuyo estilo han popularizado las películas
y series austenianas.

Vestidos:
uno para cada ocasión

Para que se considerase bien vestida, una dama debía llevar vestidos rectos y con talle alto, de muselina, blancos o de color pastel. Y había uno para cada ocasión.

El vestido de mañana se caracterizaba por su simplicidad y, puesto que no estaba pensado para utilizarse fuera de casa, no precisaba adornos.

Por el contrario, el vestido de tarde estaba destinado a ser visto. Con él se acudía a destacados actos sociales, como podían ser una boda o una reunión para tomar el té. Se lucía acompañado de mantos, chales, esclavinas, guantes, gorros y sombreros, entre otros accesorios.

Los vestidos se volvieron más prácticos, adaptados a las actividades campestres.

El vestido de noche: la reina de la fiesta

Aunque era más ornamentado y mantenía ciertas reminiscencias del siglo XVIII, como las sedas de colores y los ribetes, el vestido de noche se parecía bastante al vestido de día y también era de estilo clásico. Presentaba una silueta estrecha, talle alto y mangas ajustadas. Acostumbraba a acompañarse de una capa o un chal, de diferentes joyas y del imprescindible abanico.

Estaba confeccionado con tela sencilla pero cara. Entre las más vistas estaban la muselina, el satén, el tafetán y la seda. El terciopelo de seda lo llevaban las mujeres mayores o las casadas.

Los tonos oscuros solían descartarse, pues a la luz de las velas pasaban desapercibidos. En caso de escoger uno, se añadían adornos de cristal o metal.

El último grito

Mucho tiempo antes de que se inventarse la fotografía, quienes anhelaban seguir las tendencias que marcaba la moda no tenían más remedio que contemplar las ilustraciones de prendas y los complementos de las revistas especializadas. La primera en hacerlo fue la francesa *Mercure Galant* en 1672.

El traje de amazona

Confeccionado con materiales resistentes, el traje de amazona consistía en una chaqueta que a menudo incluía detalles de estilo militar y una falda larga, pues debía cubrir las piernas en su totalidad. Tanto la chaqueta como el sombrero presentaban un toque bastante "masculino".

Bolsos y zapatos: complementos esenciales

Con la desaparición de los tacones, caminar fue mucho más fácil, mientras la desaparición de los bolsillos obligó a las mujeres a llevar un bolso "ridículo".

Se dejaron atrás los denominados zapatos de corte, de cuero o brocado, con tacón alto y una gran hebilla. Se sustituyeron por modelos planos, bastante parecidos a las actuales zapatillas de ballet, también llamadas manoletinas. Eran cómodos pero frágiles, así que duraban poco.

«El señor Collins quiso llevarlos a ver sus dos prados, pero las señoritas no llevaban zapatos para afrontar los restos de escarcha y tuvieron que regresar.»
Orgullo y prejuicio

¿Bolsillos invisibles bajo las enaguas?

Actualmente, mucha ropa femenina incluye prácticos bolsillos, pero hubo un tiempo en que no.

En el siglo XVII, las mujeres contaban con bolsillos enormes, aunque no siempre integrados en su ropa. Con frecuencia se trataba de bolsas de cordones atadas a la cintura y ocultas bajo las enaguas. Tanto éstas como las faldas tenían aberturas en las costuras laterales para que pudiesen acceder a ellas con facilidad.

¡Vaya "ridiculez" de bolso!

Durante la Regencia, las enaguas y las faldas voluptuosas pasaron de moda. Los nuevos vestidos, más simples y rectos, se quedaron sin espacio para bolsillos.

Estos precursores de los bolsos actuales eran de tela y podían estar bordados y muy ornamentados.

Así, mientras los hombres tenían varios bolsillos, las mujeres dejaron de poder moverse con las manos libres. Y, por si fuera poco, estos bolsos les ponían a los ladrones las cosas mucho más fáciles.

En lugar de bolsillos, se implantó el uso de una bolsa con cordón –más tarde con cierre– llamada retícula y bautizada en francés como *réticule* o *ridicule* (ridículo) por su reducido tamaño.

Monedas a salvo

Un tipo de monedero muy popular en Inglaterra era el *Miser*. Largo y en forma de tubo, tenía una abertura en el centro e incluía un par de anillas. Éstas se deslizaban hacia un lado y hacia el otro para mantener ambos cerrados y asegurar así las monedas.

A menudo eran de ganchillo o de punto, tan fáciles de confeccionar que se hacían por miles.

Prendas de invierno

La gasa, el percal o la muselina eran tejidos demasiado finos para el invierno. Por eso, cuando llegaba el frío, había que añadir una capa más al atuendo.

Las prendas femeninas de abrigo, muy necesarias en un clima como el de Inglaterra, tenían una clara influencia de los uniformes del ejército napoleónico, que adoptaron diseños atrevidos en un intento de destacar con ellos el valor de las tropas.

Entre las más utilizadas se encontraban éstas tres:

El redingote

Independientemente de la tela y el patrón con que estuviese hecha, esta prenda de cuerpo entero se basaba en el abrigo de montar masculino. De ahí su nombre: *Riding coat*.

El *Spencer* o bolero

Chaquetilla ajustada que llegaba hasta la cintura.

En la versión inglesa, lleva el nombre de Lord Spencer, su supuesto inventor. Según la leyenda, se vio obligado a arrancar la cola de su chaqueta al quemársela con el fuego de la chimenea y, para que no le volviese a suceder, pidió a su sastre que le hiciese varias chaquetas cortas. Pese a todo, la versión española de esta prenda, la torera, tiene su origen en los ruedos.

Fuera como fuese, las mujeres inglesas no tardaron en acabar apropiársela.

La pelliza

De talle alto, se abrochaba por delante y solía tener adornos de piel y plumas. Algunas llegaban hasta los pies, mientras que otras eran tres cuartos. Se podían cerrar por el centro con tiras y borlas. Según la estación del año, se llevaban de terciopelo, satén, muselina, piel o lana.

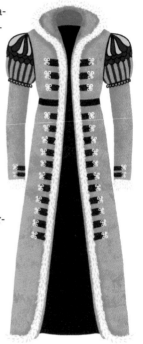

La pelliza era un sobrevestido o vestido de abrigo y seguía las directrices de la moda.

La enfermedad de la muselina

En *La abadía de Northanger*, el señor Tilney asegura a la señora Allen que «la muselina siempre se puede aprovechar de un modo u otro». Y no le falta razón. La mayoría de vestidos se confeccionaban con esta fina tela de algodón con la que resultaba imposible protegerse del frío y de la lluvia.

Ésa es la razón por la que durante el invierno muchas mujeres se resfriasen o, lo que era peor, cogiesen una bronquitis o una pulmonía que terminaban por matarlas. Este fenómeno pasó a conocerse como "la enfermedad de la muselina".

Aliados contra el frío

Muchas prendas aunaban funcionalidad y ornamento. Es el caso de las chemisettes, las capas y los chales. Daban calor sin perder de vista la estética.

La moda Regencia recordaba inevitablemente las túnicas de la Grecia clásica, finas, vaporosas y bastante escotadas. Así, justamente, solían ser los vestidos, a menudo insuficientes para las corrientes de aire habituales en las casas grandes y antiguas, tan difíciles de caldear. La *chemisette* o *tucker* era la mejor solución para combatirlas.

Tenía el beneficio adicional de poder usarse con cualquier vestido, lo que ampliaba todavía más el vestuario.

La *chemisette* era una especie de camisola que se llevaba bajo el vestido durante el día. Protegía el escote del frío y podía quitarse fácilmente siempre que se quisiese.

Una capa roja a lo Caperucita

Era todo un clásico, tanto en Inglaterra como en América. Aunque también existían elegantes modelos de ciudad de la popular capa roja (*Red cloak*), la usaban mucho en las zonas rurales para salir a dar un paseo o para ir de compras. Se le añadió un ribete de felpa.

La ilustradora Diana Sperling plasmó este tipo de prenda en bastantes de sus populares dibujos.

Los chales de cachemira

Procedentes de la región india del mismo nombre, los chales de cachemira se popularizaron cuando Napoleón Bonaparte los introdujo en Francia una vez finalizada su campaña egipcia (1798-1801).

Gracias a sus exóticos y variados dibujos y a sus llamativos colores, acabaron siendo un accesorio muy popular que llevar sobre el vestido. Y es que a su función de abrigo se sumaba la de adornar, una función igual e incluso más valorada.

No obstante, los chales de cachemira eran muy caros. Eso llevó a la localidad escocesa de Paisley a producir imitaciones más económicas.

Pronto, la palabra *paisley* se había convertido en un sinónimo del dibujo en forma de lágrima que solía relacionarse con los artículos procedentes de Cachemira.

Ropa interior:
la comodidad ante todo

*A diferencia de los corsés de épocas anteriores,
durante la Regencia las mujeres buscaban mayor
comodidad en las prendas interiores.*

Éstas eran las prendas
interiores básicas:

- El camisón. Recto, hasta las rodillas y con mangas hasta los codos. Casi siempre de lino blanco.
- Camisa. De algodón o lino y sin adornos. Debía proteger la piel de los roces del corsé y, a su vez, proteger a éste del sudor, pues era difícil de limpiar.
- Pantaloncillos. Llegaban hasta debajo de la rodilla o hasta los tobillos y eran de lino o de algodón.
- Corsé. No se usaba para conseguir la "cintura de avispa" como antes, pues se llevaban las cinturas altas, sino para separar y levantar el pecho.
- Medias. Llegaban hasta encima de la rodilla o el muslo y se sujetaban con ligas. De algodón o seda y blancas, podían ser lisas, bordadas o con encaje.
- Enaguas. Podían llevarse varias para que la fina tela del vestido no marcase las "curvas" en exceso.

La bata de estar por casa

«Vino, y tan temprano que ninguna de las damas estaba arreglada. La señora Bennet entró corriendo en el cuarto de su hija, *en bata* y a medio peinar, exclamando:

—Jane, querida, date prisa y baja corriendo. Ha venido... El señor Bingley ha venido...».

Orgullo y prejuicio

También se le llamaba *déshabillé*, palabra francesa traducida como salto de cama, esa bata ligera para el momento de levantarse.

No era casualidad que la bata fuese larga, pues así cubría toda la longitud del camisón. Y era mucho más cómoda y barata que un vestido.

Las joyas: que no falten

Las joyas de la Regencia se inspiraban en el mundo grecorromano. Topacios, corales, esmeraldas, turquesas y perlas estaban presentes en pendientes, anillos, collares y pulseras.

Si hay unas joyas típicas de la Regencia, son los camafeos.

Las excavaciones en Pompeya promovidas por Napoleón hicieron que todas las damas deseasen un camafeo. Mejor dicho, más de uno.

Evocaban el pasado y estaban presentes en collares, pulseras, tiaras y pendientes. Éstos últimos solían hacer juego con broches y gargantillas.

Las gargantillas

Los collares ajustados al cuello han sido muy populares en muchas épocas. Basta recordar el de Ana Bolena del que pendía una inconfundible letra B.

En la Revolución Francesa, muchas mujeres lucían una cinta roja en el cuello en memoria de los familiares guillotinados. Pronto todas las londinenses quisieron llevar una.

⇻ ⇺

En tiempos de Austen, se usaban desde simples cintas hasta otras adornadas con diamantes.

Brazaletes: una mirada al pasado

Especialmente populares entre 1810 y 1820, el uso de brazaletes respondía a la pasión por el mundo antiguo. Se usaban sobre los brazos desnudos y para sujetar los guantes largos.

Collares de coral: belleza y protección

Empleado como talismán y por su belleza, el coral estaba presente en gargantillas y en collares redondos simples y de cuatro hilos. Los de una sola vuelta fueron especialmente populares.

Las turquesas, un lujo asequible

Con una gran demanda en la época de Austen, las turquesas se traían África. Eran un lujo asequible para las clases altas.

Las joyas de la Corona
Con motivo de su boda en 1816 con el Príncipe Leopoldo de Sajonia-Coburgo, futuro Leopoldo I de Bélgica, el Parlamento británico concedió a la princesa Carlota Augusta de Gales diez mil libras para que las invirtiese en joyas.

El anillo de Jane Austen
En 2013, gracias a una colecta popular, la casa museo de Jane Austen en Chawton logró recuperar un anillo de oro con una turquesa de la escritora adquirido en una subasta en Sotheby's por la cantante estadounidense Kelly Clarkson. Se recaudaron ciento cincuenta mil libras (unos ciento setenta mil euros).

Los perfumes: el arte de los aromas

En Inglaterra, la costumbre de usar perfumes se implantó a través de las peluquerías, que también vendían peines, cepillos, pelucas y polvos perfumados.

El elixir con el que obsequiaron a la reina Isabel de Hungría se conoce como Agua de Hungría y se considera el primer perfume moderno.

Tras dar sus primeros pasos en Mesopotamia y Egipto, la perfumería siguió desarrollándose con griegos y romanos. En 1370, la reina Isabel de Hungría, de salud delicada, recibió de un alquimista un elixir hecho a base de romero y aguardiente. Aparte de oler bien, se le atribuían propiedades rejuvenecedoras. Parece que el aspecto de la soberana, que ya superaba los setenta años, mejoró muchísimo tras utilizarlo.

El arte de los aromas prosperó en la Italia del siglo XVI. El perfumista personal de Catalina de Médici, René le Florentin, llevó los perfumes a Francia, que se convirtió en el centro europeo de fabricación.

Grasse: donde nacen las fragancias

En el siglo XVIII, empezaron a cultivarse plantas en la región francesa de Grasse, en la Costa Azul, que sirviesen de materia prima a la creciente industria del perfume. Por su especial microclima era el lugar ideal para que creciesen rosas, jazmines, nardos, violetas y flores de azahar.

Contra el mal olor

Durante bastante tiempo, la gente más pudiente usaba los perfumes para enmascarar los desagradables olores corporales, habituales debidos a la falta de higiene generalizada. Antes de que se inventasen los desodorantes, las mujeres se ponían esponjas humedecidas con fragancias bajo la ropa.

El menorquín que perfumó Londres

En 1730, Juan Femenías Floris cambió Baleares por Reino Unido. Su barbería en Jermyn Street, Londres, terminó siendo un referente para la alta sociedad. En 1820, el menorquín recibió una Autorización Real como «Fabricante de Peines de Punta Suave» para Jorge IV.

Entre su elitista clientela del siglo XIX destacaba Mary Shelley. Estando en el extranjero, la autora de *Frankenstein* pidió a un amigo que le enviara dos cepillos de cabello de Floris.

Su legendario negocio sigue funcionando.

Floris se hizo célebre por sus fragancias frescas de reminiscencias mediterráneas.

Abanico, guantes y sombrilla: los imprescindibles

Inseparables de cualquier dama, el abanico, los guantes y la sombrilla eran tres imprescindibles durante la Regencia. Los tres aunaban elegancia y practicidad.

El abanico cumplía una doble función: refrigeraba a su propietaria y le servía para comunicarse en secreto.

Introducido en Europa por los portugueses en el siglo XVI, el abanico se convirtió en una pieza básica del vestuario femenino. De madera o marfil, incluía adornos: encajes, joyas, espejos, plumas... y hasta retratos.

Durante la Regencia, la pérdida de los "modelos cortesanos" hizo que este tipo de comunicación perdiese relevancia. Eso sí, el abanico se mantuvo como un símbolo de flirteo.

Cosa de reinas

- Isabel I de Inglaterra. Para ella, el abanico era "el único regalo que una reina podía aceptar".
- María Antonieta de Francia. Regalaba abanicos a sus amigas.
- Luisa de Suecia. Creó la Real Orden del Abanico.
- Isabel de Baviera ("Sisi"). Llevaba siempre un abanico para taparse si intentaban fotografiarla.

Guantes: ¿largos o cortos?

Los largos llegaban al codo o más arriba. Combinaban bien con las mangas cortas de los vestidos de corte clásico. Eran imprescindibles en invierno y en cenas formales y bailes. Los cortos se usaban el resto del año y al aire libre.

Entre los materiales más habituales para los guantes, el algodón y la piel de cabrito. La mayoría se fabricaba en Worcester.

Los mitones, al dejar el pulgar libre, permitían dibujar, escribir, bordar...

Sombrillas: palidez asegurada

El cutis bronceado provocaba aversión. Basta comprobar el desprecio de las hermanas Bingley de *Orgullo y prejuicio* al ver el cutis "moreno" de Elizabeth Bennet. Para evitar eso, al salir al aire libre era imprescindible una sombrilla, de encaje, algodón, seda...

El lenguaje del abanico

En el siglo XVIII, una dama sabía cómo emplearlo para comunicarse discretamente con un caballero:

- Moverlo lentamente: "Me es usted indiferente".
- Abrirlo o cerrarlo rápidamente: "Estoy comprometida".
- Cerrarlo despacio: "Sí".
- Taparse el rostro con él: "Cuidado. Nos están vigilando".

Sombreros y peinados: ¡arriba el clasicismo!

La influencia de la Antigüedad clásica llegó durante la época de Regencia hasta lo más alto, hasta la cabeza. Tanto los sombreros como los peinados seguían sus cánones.

En una carta, Jane Austen le hablaba a su hermana Cassandra de un sombrero sobre el que «dependía su felicidad futura». Como ella, ninguna mujer de la Regencia, fuese cual fuese su clase social, permitía que la viesen con la cabeza descubierta, fuera o dentro de su casa.

El bonete: el más popular

Presentaba una amplísima variedad de tamaños y estilos. Bastaba con añadir un sencillo ribete, un poco de encaje y alguna cinta para convertirlo en un bonito sombrero de verano.

Los bonetes podían ser de paja, de seda o de terciopelo sobre una base rígida.

El tamaño del ala delantera era muy variable y algunas eran tan grandes que tapaban el rostro por completo. Esta exageración inspiró a los caricaturistas, que no dudaron en hacer ilustraciones burlándose de los grandes bonetes.

Las formas preferidas de cubrir la cabeza:

- Capota. De ala recta, ceñida a la cabeza y sujeta bajo la barbilla.
- Calash. Más grande que la capota, resultaba ideal para protegerse de la lluvia.
- Tocado. De plumas o flores, era perfecto para lucir en las fiestas.
- Turbante. De evidente inspiración oriental.

Modelos de paja: del campo a la ciudad

- La paja era un material muy común en los sombreros.
- Los que confeccionaban las mujeres del campo se "tuneaban" en las tiendas londinenses al gusto de las clientas.
- Lo más normal era añadirles lazos y flores. Cuanto más se cubrían con seda o tafetán y más ornamentos se agregaban, más se pagaba por ellos.

Peinados: rizos y bucles

Se abandonaron los polvos blancos para teñir el cabello y éste volvió a exhibir su color natural.

Los peinados más vistos eran los recogidos de inspiración grecorromana: moños no demasiado altos dejando rizos o bucles a ambos lados del rostro. Y, si se llevaba vestido de noche o de fiesta, no faltaban los adornos: desde *bandeaus* y diademas hasta flores, cintas, plumas, perlas…

Moda masculina: buen gusto y elegancia

La moda masculina de la Regencia se caracterizó por la sobriedad y la distinción. El perfecto caballero inglés debía ser, por encima de todo, elegante.

Las prendas masculinas eran rígidas, oscuras y austeras, pero eso no impedía que fuesen al mismo tiempo refinadas, exactas y perfectas. Se cuidaba hasta el mínimo detalle. Éstas eran las tendencias:

- Abrigos. Largos por la espalda y cortos por delante, dejando ver el chaleco. Oscuros y lisos.
- Camisa. De lino con cuello alto.
- Pantalones. A medida y ajustados. Sustituyeron a los calzones y a las aristocráticas medias. De un solo color o con discretas rayas.

¡Adiós a las pelucas!

Los militares de alto rango, los hombres mayores y los que desempeñaban profesiones "conservadoras", como médicos o abogados, mantuvieron las pelucas. El resto se deshizo de ellas. Se llevaban los rizos cortos con patillas largas.

Sombreros de piel de castor

El sombrero más en boga era alto y algo cónico, forma que evolucionaría hacia el sombrero de copa.

En *La abadía de Northanger*, Catherine opina que a Henry el sombrero «le sentaba muy bien» y le confería, junto con su sobretodo, «un aspecto muy distinguido». Casi seguro que es de piel de castor, que proporcionaba un fieltro de gran calidad. Al principio se importaba de Rusia y Escandinavia, pero, dada la altísima demanda, se tuvo que buscar en las colonias americanas.

Cambios en los pies

Los zapatos para hombre, como los de mujer, eran menos elaborados y también perdieron los tacones.

No cuesta imaginar al señor Darcy de *Orgullo y prejuicio* exhibiendo unas lustrosas botas hessianas, nombre que se dio en Inglaterra a las de caña alta más bajas por detrás que por delante. Su nombre se debe a los mercenarios alemanes, la mayoría de la región de Hesse, contratados por la corona británica en el siglo XVIII.

«No es de extrañar que un joven tan elegante, de buena familia, con fortuna, con todas las buenas prendas, tenga tan buen concepto de sí mismo.»

Orgullo y prejuicio

Los cie nudos de corbata

El origen de la corbata está en el siglo XVII y se debe a los mercenarios croatas que llegaron a Francia luciendo un pedazo de tela al que llamaban "croacia". En el siglo XIX reemplazó los cuellos de encaje y se puso de moda en Inglaterra.

Había una enorme variedad de modelos y casi cien maneras distintas de anudarla.

Brummell:
creador de tendencias

Se hizo famoso, a inicios del siglo XIX, como el hombre mejor vestido de Inglaterra. Hoy se recuerda a George Brummel como el árbitro de la moda masculina.

Con George Bryan Brummel, más conocido como "el bello Brummel", nació la indumentaria que con el paso del tiempo desembocaría en el traje masculino actual. Fue el inventor del traje moderno.

El nacimiento del traje moderno

El objetivo del traje para hombres que consiguió instaurar Brummel era centrar la atención en la forma del cuerpo y no tanto en la ropa. Tenía estas características:

- Pantalones largos ajustados que reemplazaban los calzones, los bombachos y las medias hasta la rodilla.
- Colores lisos, sobre todo el azul y el gris, con el abrigo y los pantalones del mismo tono.

Y aunque a finales del siglo XIX se impondría el negro como uniforme de los hombres de negocios, en el siglo XX se remplazaría por el azul oscuro y el gris. Y hasta hoy...

La flor y nata de la sociedad masculina de Londres adoptó esta moda.

Sus excentricidades

- Sacar brillo a sus botas con champán.
- Usar una escupidera de plata por ser incapaz de escupir en el suelo, como era costumbre.
- Negarse a alzar el sombrero al saludar por la calle.
- Interrumpir una fiesta para quejarse de que no había agua caliente en el baño.

Su lema

«Si alguien se da la vuelta para mirarnos, es que no vamos bien vestidos.»

En busca de la corbata perfecta

Brummel podía pasar un día entero haciendo el nudo de su corbata. No cesaba en su empeño hasta que lo consideraba perfecto.

Waterloo y Brummel

Dos fenómenos causaron sensación en el Londres del año 1815: la victoria inglesa en Waterloo sobre los franceses y las corbatas que exhibía George Brummell. Como escribió Virginia Woolf, imperios como el de Napoléon podían conocer su auge y su caída mientras Brummell "experimentaba con el pliegue de un pañuelo o criticaba el corte de un abrigo".

Ascenso y caída del primer dandi

George Brummel, considerado por muchos el primer dandi, estuvo al servicio del Príncipe de Gales, futuro Jorge IV, en el regimiento de húsares que éste comandaba. El príncipe, fascinado por su figura, le ayudó a ascender a toda velocidad en la sociedad londinense.

Su caída fue todavía más rápida que su ascenso. Según se cuenta, para pedir más champán al servicio, le dijo al príncipe en tono ordeno y mando: «Gales, toca la campana». Y Gales la tocó, pero para que dispusiesen el carruaje de Brummell. El abuso de confianza con su protector marcó el fin de su influencia.

*Un petit four es un delicado, pequeño
e irresistible bocado que suele servirse
en ocasiones especiales.*